GUERRE

AUX

BARBARES

PAR

ERNEST BOTTARD

ANCIEN ÉLÈVE DE L'ÉCOLE POLYTECHNIQUE

CHATEAUROUX

TYPOGRAPHIE ET STÉRÉOTYPIE A. MAJESTÉ

1886

GUERRE AUX BARBARES

Artistes et écrivains sont, de nos jours, princes et
seigneurs, tout le monde s'incline devant leur talent,
quelquefois même, devant leurs caprices et leurs er-
reurs. Dans ce dernier cas on a tort, c'est vrai, ce n'est
pas nous toutefois qui leur jetterons la pierre, nous les
aimons trop sincèrement pour cela. Traités pendant
longtemps avec moins d'égards qu'un marchand ou
qu'un épicier enrichi, ils occupent enfin dans la société le rang qui leur est dû. Heureux en effet le pays
qui compte au nombre de ses enfants quelques-uns de
ces hommes d'élite! En échange de la considération
qu'il leur accorde, ils lui donnent gloire et renom. Qui
a rendu la Grèce immortelle, qui la faite reine des lettres
et des arts? N'est-ce pas la pléiade innombrable des
grands hommes qu'elle a enfantés.

Les noms de Socrate, de Platon, d'Euripide de So-
phocle, de Phidias, de Praxitèle, etc., pour ne citer que
les plus illustres, les plus connus, vivront aussi long-

temps que le monde civilisé. A eux, a eux seuls, la Grèce doit la splendide couronne qui rayonne sur son front, couronne que ni la gloire ni les exploits d'Alexandre le Grand n'eussent pu lui assurer. En voulez-vous une preuve indéniable ? Annibal fut, sans contredit, l'un des plus grands hommes de guerre qui aient jamais existé, il peut marcher sur la même ligne que César, que Napoléon, et peut-être eut-il sinon plus de génie du moins plus de mérite que ces deux derniers.

Mal secondé par les Carthaginois ses compatriotes, avec quelques troupes mercenaires, aidé par tous les aventuriers accourus sous sa bannière de tous les coins de l'horizon, il mit Rome à deux doigts de sa perte. L'Italie est envahie, les légions romaines, formées des meilleurs soldats du monde combattant pour leur patrie, pour leurs foyers, sont anéanties dans vingt batailles. Tout plie, tout fuit devant Annibal, bientôt même ses phalanges victorieuses entourent les murailles de Rome d'un cercle de fer. Carthage n'a plus qu'un effort à faire pour tuer sa rivale. Soit incurie, soit jalousie, les marchands ou si vous aimez mieux les sous-vétérinaires qui la gouvernent, refusent de délier les cordons de leur bourse et abandonnent le héros à ses seules ressources. Bref, Annibal vient tomber à Zama sous les coups de Scipion dont le génie était bien inférieur au sien. Traqué par les Romains, poursuivi par leur haine, il meurt empoisonné si nos souvenirs sont bien exacts à la cour d'un petit roi de Bithynie où il s'était refugié.

Quelques années après, Carthage n'était plus. Que reste-t-il maintenant d'elle ? Quelques ruines, quelques noms, ceux d'Amilcar Barca, d'Asdrubal, la gloire éblouissante d'Annibal, et puis.....? Rien. Monuments, mœurs, coutumes, histoire, tout est tombé dans le plus profond oubli. Pourquoi? Parce que les Carthaginois n'ont eu ni poètes, ni écrivains, ni artistes pour chanter, pour fixer sur la toile ou le marbre, la puissance, les luttes, les victoires, les défaites, les malheurs de la mère patrie. Carthage fut pendant longtemps la reine des mers, cependant son histoire n'est qu'un appendice de l'histoire romaine. Si son nom est arrivé jusqu'à nous, elle le doit pour ainsi dire à ses plus cruels ennemis, aux auteurs latins. Donc aimons et respectons nos grands hommes si nous voulons nous-même être aimés et respectés par la postérité.

Cela dit laissons de côté pour le moment les hommes de lettres et ne nous occupons que des artistes dont Michel-Ange fut le type par excellence. Peintre, sculpteur, architecte, poète même, il fut encore homme de guerre et se battit bravement pour sa patrie. La bravoure et la générosité sont d'ailleurs innées chez presque tous les artistes. Sans remonter à Benvenuto Cellini et à la phalange des peintres de la Renaissance qui tous portaient l'épée au côté et qui au besoin savaient s'en servir, n'avons-nous pas vu dans cette maudite guerre de 1870 combattre et tomber aux premiers rangs l'élite de nos artistes et de nos hommes de lettres. Ce sont eux qui les premiers ont poussé le cri de *gloria victis*, ce sont eux encore qui ont sculpté sur le marbre cette magnifique pensée: L'ange de Mercié recevant dans ses bras la France épuisée, presque mourante, a le droit de marcher sur la même ligne que les plus belles compositions de Phidias. Une nation qui possède de tels enfants peut être vaincue mais ne peut mourir.

Loin de nous la pensée de vouloir dénigrer le mérite et la valeur de nos ténors passés plus ou moins à l'état d'étoiles, de nos chanteuses plus ou moins légères, de nos comédiens émules de Talma, de Rachel, voire même de Frédérick Lemaître et de Mme Dorval, tous sont des artistes si vous voulez, puisqu'à tort selon nous l'usage est de les appeler ainsi, mais ce sont des artistes d'un rang bien inférieur à ceux dont nous avons parlé plus haut. L'écrivain et l'artiste proprement dit créent comme Dieu, le chanteur et le comédien ne font qu'interpréter plus ou moins fidèlement, plus ou moins heureusement, les créations de ces hommes privilégiés. Il y a donc entre les premiers et les seconds une différence immense.

Acteurs et chanteurs nous sont, il est vrai, très sympathiques, ils charment, ils amusent. Ils auraient donc droit à notre reconnaissance s'ils n'exigeaient pas pour le faire des sommes folles, des appointements presque supérieurs à ceux du président de la République. Leur métier d'ailleurs n'est-il pas des plus agréables : presque toujours ils apparaissent aux yeux ravis des dames et des demoiselles dans des costumes éblouissants, comme d'ailleurs ils portent avec une suprême élégance épée, bottes molles et souvent sceptre et couronne, elles finissent par les prendre pour des ducs, des princes véritables et leur accordent de nombreuses faveurs. Laissons donc sans trop les remercier acteurs et chanteurs à leur heureux sort. Ne leur rappelons, et cela le plus doucement possible, que sceptre et couronne sont en papier doré, que lorsque, se prenant un peu trop au sérieux, ils voudront sortir de leurs attributions et devenir des hommes d'Etat. Après tout cependant, nos gouvernants issus du suffrage universel ont des allures si étranges, sont quelquefois si mal élevés, si ignorants, jouent en un mot si mal le rôle qu'ils sont appelés à remplir, que l'on peut sans trop s'étonner admettre quelque confusion.

Cela dit, et tout malentendu ayant disparu, revenons aux peintres, aux sculpteurs, aux architectes, en un mot aux artistes de haute volée, aux artistes créateurs. En 1870, pendant cette guerre infernale où l'on vit les communards, maîtres de Paris, tirer sur le drapeau français devant le drapeau prussien, mettre le feu aux quatre coins de la capitale, jetant le pétrole à pleines mains sur tous nos monuments publics, comme de vrais barbares, de vrais sauvages, l'anxiété fut grande dans le monde des lettres et des arts. S'il eût passé en effet par la tête d'un de ces gredins ignorants, stupides, portant sabre au côté, tout galonnés d'or, de se ruer avec la bande de sauvages qui l'accompagnaient sur nos musées, sur nos bibliothèques, tous les trésors qui y sont renfermés, trésors qui ont coûté des sommes énormes, trésors qui ont exigé des siècles pour y être rassemblés seraient devenus la proie des flammes. Les livres encore, il eût peut-être été possible de s'en procurer de nouveaux exemplaires, mais nos Raphaël, nos Michel-Ange auraient disparu à tout jamais. Pour tous ceux qui avaient l'amour de l'art, c'était à se désespérer et à s'arracher les cheveux, car il n'y avait rien à faire, il fallait assister, impuissant, à l'accomplissement de cet acte de brutale inintelligence devant lequel les Vandales eux-mêmes eussent reculé. La rage au cœur, quelques-uns de nos plus jeunes artistes s'étaient cependant armés, bien décidés à se faire tuer, mais à envoyer dans les enfers le plus grand nombre possible de ces nobles descendants des chimpanzés, car ma foi il y a des moments où l'on est tenté d'admettre la doctrine de Darwin ou du moins de l'appliquer à certains représentants de l'espèce humaine. Quoi qu'il en soit, ce crime de lèse-civilisation, grâce à un miracle, n'eut pas lieu. Nos braves communards se contentèrent de faire flamber le ministère des Finances, le Palais de Justice, les Tuileries et bon nombre de maisons particulières. Enfin pour donner la mesure de leur intelligence, ils détruisirent de fond en comble l'Hôtel de Ville, l'hôtel de la Commune le plus curieux, le plus vieux peut-être de tous les monuments de Paris.

Quinze ans se sont écoulés depuis ces saturnales, on a emprunté des milliards, on a épuisé la bourse des contribuables, tous ces murs noircis par le pétrole, témoins muets et accusateurs de la rage stupide de ces nouveaux barbares ont en partie disparu, enfin un nouvel hôtel de ville s'est élevé toujours aux frais de ces bons contribuables sur les ruines de l'ancien. Puis grâce à la haute influence de M. Gambetta de triste mémoire, grâce à la coupable connivence des sous-vétérinaires dont le suffrage universel a peuplé nos Chambres, les bandits, auteurs de tous ces forfaits, bandits que tout le monde voulait pendre le lendemain de leur défaite, ont été graciés. Ils sont rentrés portant haut la tête, la menace à la bouche, tout disposés, ils le disent carrément, à recommencer leurs exploits. Déjà ils sont or-

ganisés, une partie de leurs chefs siègent, o dérision !
à l'hôtel de ville qu'ils ont détruit, quelques-uns même
d'entre eux ont pénétré dans nos Chambres et tout fait
prévoir que le nombre de ces tristes représentants de la
sottise du suffrage universel ne tardera pas à augmen-
ter. O bourgeois incorrigibles, o gouvernants ineptes,
qui avez eu pitié de ces pauvres égarés comme vous les
appelez, arrachez-vous le peu de cheveux qui vous res-
tent, ou si vous n'en avez plus couvrez-vous la tête de
cendres, car vous avez commis une faute irréparable,
faute qui fera couler bien du sang, faute que vous vous
reprocherez éternellement, pour peu que vous ayez
quelque patriotisme. En rappelant en effet de l'exil ces
gens tarés, flétris, qui se sont unis ouvertement aux
plus cruels ennemis de la France, qui ont tué nos pauvres soldats, qui ont assassiné des gens inoffensifs, les
otages, vous avez sacrifié à vos idées soi-disant libéra-
les, la tranquillité de la patrie, la vie des honnêtes gens
et celle de tous les braves qui seront encore obligés de
défendre la civilisation et la société.

Est-ce vous qui viendrez vous mettre en travers ?
Non, n'est-ce pas, vous disparaîtrez pour ne reparaître
que lorsque le danger sera passé. Alors vous recommen-
cerez à faire parade de votre fausse sensibilité, d'une
générosité qui n'oblige à rien, dont toutes les charges,
dont tous les dangers retombent sur les prétendus
réactionnaires. Savez-vous d'où nous viendra le salut,
car grâce à vous nous courons tout droit à une nouvelle Commune, Commune d'autant plus dangereuse
qu'elle sera pour ainsi dire légale ? Eh bien, il nous
viendra de ce besoin inné qui pousse la France malgré

ses malheurs, malgré ses désastres, à tenir haut et ferme le flambeau de la civilisation, et à punir tous ceux qui oseraient porter une main sacrilège, sur cette flamme vivifiante, flamme qui nous guidera peut-être un jour vers cet ère de bonheur, de prospérité, que M. Dufaure et ses 363 satellites nous ont si sottement et si vainement promis.

Tenez ! écoutez ces bruits confus, ces voix qui s'é-chappent des fenêtres entr'ouvertes de cette vaste salle, on y parle de beaux-arts, de civilisation, entrez avec nous, bourgeois repus, ventrus, comme vous appellent les frères et amis, peut-être trouverez-vous là la confir-mation de nos paroles. Ah dame ! l'atmosphère n'est pas précisément d'une limpidité parfaite, la fumée monte en légères spirales blanchâtres vers le plafond, l'odeur accuse, à n'en pas douter, la présence du tabac. On fume en effet, on boit, on crie même un peu trop, toutefois les paroles sont chaudes, généreuses. C'est un club d'une espèce toute particulière, un club d'artistes. Écoutons : On discute les questions les plus sérieuses sous une forme quelque peu originale. Qu'importe, l'on n'éprouve pas comme à la Chambre cette envie irrésistible de bâiller qui saisit à la gorge tous les auditeurs, souvent même l'orateur lui-même lorsqu'il débite son discours. Ce mouvement irrésistible des mâchoires se produit toujours quand l'honorable préopinant parle pour ne rien dire, c'est le cas le plus ordinaire, ou quand il pon-tifie, c'est-à-dire, quand il se prend par trop au sérieux. Pontifier est peu ou point français, mais il le deviendra avant peu avec ou sans le concours de l'Académie. Il peint si admirablement l'action qu'il exprime ! Nous adresserions bien immédiatement à ce sujet une pétition à nos immortels, bah ! ces pauvres gens sont tellement occupés de la confection de leur dictionnaire que ce serait un crime de les déranger. Ils en sont déjà à la lettre C ! Et dire que quand ils auront terminé, s'ils terminent, il faudra tout recommencer, le suffrage universel, autrement dit l'usage, aura déjà depuis longtemps sans leur permission tout changé, tout bouleversé. Eh morbleu ! mes bons amis, adjoignez-vous donc quarante sous-immortels, ils feront toute la besogne, vous n'aurez qu'à approuver, dans deux ou trois ans votre dictionnaire verra le jour, il sera publié puis vendu au profit de ces coadjuteurs qui, ma foi, l'auront bien mérité.

Quoi qu'il en soit laissons là et académiciens et coadjuteurs, donner des conseils est en général une tâche ingrate, les humains ne les aiment guère et nos immortels sont loin de faire exception à la règle. Revenons à nos artistes. Ah ! ce n'est pas chez eux qu'il faut craindre de trouver des gens qui pontifient, et malgré tout cependant on a pris des précautions : la tribune est remplacée par une simple échelle qui s'appuie contre la muraille, l'orateur, nous allions dire le patient, a la faculté de monter sur un échelon plus ou moins élevé, mais les mouvements de bras, de tête, de poitrine, lui sont à peu près interdits. S'il met en effet dans ses gestes trop d'entrain, il a bien des chances de faire la culbute aux applaudissements et à la grande joie des auditeurs. D'ailleurs la position qu'il occupe sur l'échelle n'est pas précisément une position sociale des plus commodes, il ne peut la conserver longtemps, les barreaux ne sont pas rembourrés comme les fauteuils de nos honorables. Les précautions sont donc bien prises. Par contre, l'orateur a droit non plus à l'antique verre d'eau sucrée, mais à un excellent bock qu'un camarade a toujours soin de tenir rempli jusqu'aux bords. Ce bock toutefois est placé derrière et non devant le patient, entre l'échelle et la muraille, de telle sorte que pour le prendre, il faut faire quelques efforts et connaître au moins les premiers éléments de la gymnastique. Les bocks étant payés sur les frais généraux, les organisateurs de club se sont crus obligés, dans l'intérêt commun; pour éviter des abus possibles et même probables, de mettre quelques obstacles entre le verre et le buveur.

Quand un membre de l'assemblée monte à l'échelle ou à la tribune, pour employer une expression plus convenable, plus parlementaire, un profond silence s'établit, les pipes seules continuent à fonctionner. On écoute religieusement l'orateur, seulement au lieu de lui laisser dérouler les périodes plus ou moins cicéroniennes de son discours, suivant l'usage abusif, établi dans nos Chambres pour la plus grande commodité, pour la plus grande gloire des avocats et des bavards, il est fréquemment interrompu. Entendons-nous cependant, il n'a pas à redouter le bruit des couteaux à papier, ni les interjections stupides, ni même les hurlements sauvages dont certains députés, à défaut de talent, se sont faits une spécialité, l'interruption se traduit toujours par une question posée clairement, soit pour obtenir une explication, soit pour combattre les raisons mises en avant par celui qui occupe la tribune. Ce dernier est tenu de répondre ou de quitter l'échelle. Il n'a pas le droit

comme nos parlementaires de faire la sourde oreille,
de passer outre, ce qui est par trop commode, et de
continuer quand même une tartine plus ou moins im-
provisée. Mais alors, nous dira-t-on, dans beaucoup de
cas les discours peuvent dégénérer en simple conversation. Parbleu oui, et c'est en quoi consiste l'avantage
du procédé. Est-il vrai, oui ou non, que nos sous-vétérinaires ont perdu et perdront probablement encore les
trois quarts de leur temps en discussions inutiles ? En
doutez-vous ? Exemple : Un radical plus ou moins
échevelé interpelle un ministre, sur un fait plus ou
moins scandaleux qui lui a été signalé. Le ministre a
dans son portefeuille des pièces authentiques qui prou-
vent que le fait signalé est faux, archifaux, va-t-il arrêter net l'interpellateur ! Non, il le laisse, pour obéir à
l'usage, fulminer, menacer, en un mot parler pendant
deux heures. Puis prenant à son tour la parole, il mon-
tre ses pièces. Après avoir daubé le pauvre radical, fier
du succès, des applaudissements qu'il obtient, il se
drape dans son triomphe, il ne peut se décider à quitter
la tribune. En résumé, c'est quatre heures de perdues.
Autre exemple : Un ami de M. Ferry discute la question
du Tong-King, naturellement il élève son patron sur le
pavois, blâme nos généraux, fait, en sa qualité de marchand de laine ou de coton, de la haute stratégie, il se
permet même comme feu M. Gambetta de faire des
fautes de géographie, prend les fleuves pour des mon-
tagnes et réciproquement, etc., etc. Bref malgré les aver-
tissements, malgré les rectifications obligeantes du ministre, il continue imperturbablement sa démonstration
qui dure trois heures. Le ministre est obligé de réfuter.

Total six nouvelles heures perdues. Nous pourrions continuer indéfiniment. Des exemples ! il nous serait facile de vous en citer des milliers. Et l'on s'étonne que nos honorables votent le budget au pas de course ! Croyez-nous, la méthode adoptée par nos artistes a du bon, une simple objection, une simple question bien posée à laquelle il faut répondre immédiatement, suffirait pour débarrasser la tribune de tous les bavards ignorants envoyés dans nos assemblées délibérantes pour la plus grande gloire du suffrage universel.

Quoi qu'il en soit, l'échelle en question était occupée en ce moment par un jeune homme de petite taille, de vingt-cinq à trente ans, rouge de figure, rouge de cheveux, portant béret et gilet rouge. Ses opinions étaient de la même couleur que ses vêtements, il ne s'en cachait pas, il était anarchiste, socialiste, et surtout poseur, ajoutaient ses camarades qui avaient l'air de ne pas le prendre au sérieux.

La question suivante était posée à l'assemblée : En cas d'émeute, en cas d'une nouvelle Commune, nos musées, nos bibliothèques, devaient-ils être laissés à la merci des communards, ou bien en cas d'incendie, en cas de faiblesse de la part des gouvernants, les artistes peintres, sculpteurs, architectes, etc., etc., se réunissant en armes, devaient-ils prendre l'initiative et assurer la garde et la défense de tous nos trésors artistiques. Les hommes de lettres opérant de la même manière pour sauver les bibliothèques, on pourrait ainsi, à un moment donné, réunir en un instant plus de dix mille combattants bien armés et résolus, force plus que suffisante pour faire rentrer sous terre les frères et amis, et for-

mer dans tous les cas un noyau autour duquel vien-
draient se grouper tous les défenseurs de la société et de
la civilisation.

L'idée était excellente, le petit homme rouge la trouvait détestable, il l'attaquait avec acharnement, mais
elle était défendue par la presque totalité des assistants
et le discours qu'il voulait prononcer était devenu à
son grand désespoir une simple conversation :

— Eh bon Dieu ! s'écriait-il, pourquoi nous imposer
une pareille corvée, l'armée n'est-elle pas là, le ministre
n'a qu'un mot à dire pour la faire entrer en ligne.

— L'armée, lui fut-il répondu, quand on veut faire
un mauvais coup, on l'éloigne, d'ailleurs, nos gouvernants perdent souvent la tête et n'osent donner des
ordres.

— Mais nous n'avons pas le droit de tirer sur des
compatriotes !

— Quand les frères et amis, tuent, brûlent, pillent,
détruisent nos richesses nationales, c'est non seulement
un droit mais encore un devoir.

— C'est la guerre civile alors !

— Parbleu ! La Commune est-elle donc autre chose ?

— Hélas! ceux qui l'ont faite, étaient égarés, affolés
par les malheurs de la patrie.

— La patrie ! ils s'en moquent bien de la patrie !
Dans leurs clubs ils lui adressent le mot énergique que
Cambronne envoyait à l'ennemi. Il n'en faut plus,
comme ils disent. Ainsi donc, cher ami, laisse aux bourgeois ou aux *philistins* si tu aimes mieux, ces vieilles
rengaînes d'affolés et d'égarés. Quand on les fera cuire,
ce que je souhaite de tout mon cœur, dans la grande

marmite sociale avec leurs titres de rentes et de propriété, il est probable qu'ils seront moins tendres, moins généreux pour leurs bons amis les communards. Quand il y a d'un côté des soldats français, de l'autre des soldats prussiens victorieux et que l'on voit des gaillards tirer pendant une quinzaine de jours sur leurs compatriotes, il n'y a qu'une chose à faire, car ils ont eu largement le temps de la réflexion, c'est de les qualifier non d'égarés mais de gredins et de les pendre haut et court. Si les gouvernants, par faiblesse, ou pour toute autre cause, les laissent se promener fièrement dans nos rues qu'ils ont souillées par la trahison, que devant nos monuments brûlés par eux on leur applique sans miséricorde la loi de Lynch, elle a été faite pour des cas semblables.

— Votre loi de Lynch est une loi de sauvages !

— Oui, et elle a été inventée tout exprès pour être appliquée à des sauvages.

— Bah la Commune! c'est de l'histoire ancienne, il y a quinze ans que tout cela est passé et à tout péché miséricorde.

— Miséricorde! oui quand il y a repentir, mais non quand il y a menace de recommencer.

— Et qui diable parle de recommencer?

— Parbleu! tes amis, ils le crient à tous les échos d'alentour, pourquoi les défends-tu avec tant d'acharnement?

— Parce que je suis partisan des idées nouvelles.

— Tuer, piller, incendier, tu appelles cela des idées nouvelles! On peut, vois-tu, à la rigueur, rester bon Français tout en étant socialiste, mais non pas en étant communard. Crier : vive la Commune ! c'est crier à bas la patrie, à bas la France.

— Si vous ne voulez pas, les uns et les autres, me permettre de m'expliquer, si vous voulez m'empêcher de parler, j'aime mieux descendre de suite de la tribune, on n'y est pas déjà si bien, et en descendant je proteste contre la violence qui m'est faite, contre votre parti pris d'étouffer toute discussion.

— Allons donc ! pas de comédie ! nous ne sommes pas ici à la Chambre. Tous tant que nous sommes nous voulons au contraire une discussion large, complète, puisque tu tiens absolument à parler sans être interrompu, quoique cela soit contraire à nos règlements, que tes vœux soient exaucés. Parle, nous te répondrons après, nous te permettrons même toutes les interruptions qui te passeront par la tête.

— J'accepte, répliqua le petit homme rouge.

Le silence le plus complet s'établit et l'orateur, comme il arrive toujours en pareille circonstance, sembla pendant un instant plus embarrassé que jamais. Toutefois il avait de l'aplomb, il reprit :

— Sans doute, les communards ont tiré sur le drapeau français ou pour parler plus exactement sur le drapeau qui représentait le gouvernement existant, ils n'étaient pas cependant pour cela les alliés des Prussiens, ils voulaient tout simplement s'emparer du pouvoir afin de faire triompher leurs idées et jamais plus belle occasion ne leur avait été donnée. Tous ou presque tous sont socialistes, ils sont persuadés que les bases sur lesquelles repose la société ont fait leur temps et par suite qu'elles doivent être remplacées par d'autres principes plus en rapport avec les progrès du siècle. Patrie, famille, propriété, principes religieux sont de vieilles rengaînes qu'il faut mettre de côté puisqu'elles ne peuvent donner le bonheur qu'à un petit nombre, tandis que le but de l'humanité est le bonheur de tous. Ce but est tellement élevé, il est tellement important d'y arriver que l'on ne doit reculer devant aucun sacrifice même, s'il est absolument nécessaire, devant le sacrifice de la vie d'un certain nombre de citoyens.

Par quoi remplacerez-vous les anciens principes qui formaient et qui forment encore les fondements de la société, me direz-vous ? Oh ! nous ne sommes pas embarrassés pour vous répondre.

La patrie sera remplacée par la fraternité des peuples, la famille par l'union libre, la propriété par la collectivité, les principes religieux par rien, car les instincts de l'homme sont bons, et il n'a qu'à se laisser guider par eux.

Et comme l'orateur s'arrêtait et semblait même étonné d'en avoir tant dit.

— Est-ce tout, lui fut-il demandé ?

— Oui, et vous voyez que si j'ai réclamé un peu de silence je n'ai pas cependant violé notre règlement, j'ai été aussi court, aussi clair que possible, je cède donc maintenant la tribune à mes contradicteurs et cela avec d'autant plus de plaisir que j'ai les reins dans un état pitoyable.

— Oh ! en fait de clarté, cher ami, il faut en rabattre, j'avoue même que je n'ai rien compris à tout ce que tu viens de nous conter, s'écria un grand jeune homme à la figure sympathique. Descends puisque tu as les reins

cassés, je vais te remplacer, te répondre, te démontrer
que pas un seul de tes raisonnements n'a le sens commun. Surtout ne te dérobe pas, ne quitte pas la salle,
je tiens à te mettre comme on dit vulgairement au pied
du mur. Tu pourras d'ailleurs m'interrompre et m'in-
terpeller tant que tu voudras.

Et d'abord, continua le jeune homme en s'adressant
aux artistes massés devant lui, il est évident que nous
sortons de la question qui a été posée. Que devions-nous
faire ! Prouver que les communards étaient gens à faire
flamber nos musées, nos bibliothèques, comme ils
avaient fait flamber le ministère des Finances, cela fait
et rien n'était plus facile, les déclarer ennemis des
Beaux-Arts, par suite nos ennemis, puis mettant de
côté toute idée de parti, toute idée politique, chercher
les moyens de les arrêter, de les empêcher de nous nuire.
Cependant, puisqu'on vient de nous les présenter comme
des petits saints, comme des gens intelligents, rêvant
le progrès et le bonheur de l'humanité, il est bon de prouver aux deux ou trois gilets rouges que nous comptons
parmi nous, que leurs amis ne sont que des ignorants,
des barbares, des sauvages dont il faut se garer comme
des chiens enragés. Cette démonstration faite, nos con-
frères reviendront peut-être à des appréciations plus
justes, dans tous les cas nous serons dès lors autorisés
à proposer sans remords contre ces ennemis de la civilisation les moyens de rigueur nécessaires pour sauver
nos richesses artistiques.

Que nous dit d'abord leur défenseur ! Oui, avoue-t-il,
au moment où les Prussiens entouraient Paris de leurs
bataillons victorieux, les communards ont cherché à

s'emparer de l'Hôtel de Ville et du pouvoir, ils ont tiré sur les défenseurs de Paris, oui encore, après la reddition de la ville, ils se sont battus de nouveau à la grande joie de l'ennemi, contre ces mêmes défenseurs qu'ils ont chassé de la capitale. Oui ils ont pillé, ils ont incendié, ils ont tué des gens inoffensifs, à eux seuls ils ont coûté à la France plus que les cinq milliards réclamés par nos vainqueurs et cependant malgré tout cela ils n'étaient pas les alliés des Allemands. Qu'étaient-ils donc alors ? Que pouvaient-ils faire de plus en faveur de l'ennemi? La sentinelle qui, dans un moment de panique, abandonne son poste en temps de guerre est fusillée sans pitié, et on hésiterait à infliger le même châtiment à ces bandits qui ont tiré devant des Prussiens sur des soldats français ! Allons donc, ce châtiment ! ils l'ont mérité et cent fois mérité. Mais ceux, ajoute-t-on, que vous traitez de bandits, sont des socialistes, ils rêvent le progrès, ils ne veulent plus de patrie, ils la remplacent par la fraternité des peuples. Eh bien, la patrie à son tour ne veut plus avoir pour enfants de pareils sauvages, qu'ils quittent le sol sacré de notre pauvre France qu'ils ont trahie, qu'ils ont souillée, qu'ils s'en aillent fraterniser avec leurs bons amis les Allemands. Qu'ils fassent adopter à nos ennemis les stupides et malsaines conceptions de leur cerveau détraqué, qu'ils les gratifient de l'union libre, de la collectivité, de l'athéisme, nous le souhaitons de tout cœur, car avec de pareilles institutions, avec de pareilles croyances, un peuple marche tout droit et rapidement vers le crétinisme et la barbarie.

— Toutefois, continua l'orateur, il nous faut des explications sur les unions libres. Qu'entends-tu par là, dit-il, en s'adressant au gilet rouge.

— Eh, mon Dieu, c'est bien simple, on supprime mariage civil, mariage religieux, l'homme et la femme s'unissent quand ils le veulent et aussi souvent qu'ils le désirent.

— Comme les chiens et les chiennes, n'est-ce pas? L'homme suit l'exemple de la brute et devient son égal. C'est là le progrès rêvé. Qui élève les enfants?

— L'Etat.

— Qui les nourrit, qui les habille?

— L'Etat.

— Qui les instruit, qui leur donne une profession?

— Toujours l'Etat.

— Le choix de cette profession est-il laissé à l'enfant?

— Oui.

— S'ils veulent tous être députés, sénateurs, ambassadeurs, ce qui est probable....?

—On choisira pour eux.

— Qui choisira?

— L'Etat.

— Il aura une rude besogne l'Etat! De plus si les choix ne sont pas libres, si d'un jeune homme qui veut être homme de lettres vous faites un marmiton ou un cuisinier, si d'un autre qui tient à être peintre vous faites un cordonnier, etc., etc., vous rendez tous ces gens-là malheureux, vous supprimez même tout bonnement la plus précieuse de toutes nos libertés : la liberté individuelle. Les conséquences seront épouvantables : mécontents de leur sort les marmitons casseront la vaisselle, les cuisiniers jetteront des cheveux dans la soupe, empoisonneront les convives, les cordonniers donneront des cors à toute leurs clientèle, ce qu'ils font déjà avec le plus grand sans gêne, puis tous les clients exaspérés remercieront à coups de bâtons leurs fournisseurs et leurs marchands. Ce sera le commencement de l'harmonie, du bonheur universel que vous avez rêvé. Est-il possible de débiter des sottises pareilles ! Pauvres niais ! et dire qu'il se trouve encore des gens plus niais pour vous prendre au sérieux. Vous voulez supprimer toute religion, même tout principe religieux, c'est-à-dire nous conduire tout droit à la barbarie, à l'extinction de la race humaine (Brochure : *De l'existence de Dieu*, 1885), et vous vous rengorgez, vous dites que vous représentez le progrès. Oui, oui, cher ami, tu peux mettre ton béret rouge sur l'oreille, tu ne nous épateras pas, nous ne sommes pas des philistins, des bourgeois libéraux. Voyons, pendant que nous y sommes, ouvre ton sac à malice, vide-le jusqu'au fond et tâche d'y trouver une idée tant soit peu raisonnable. Allons, puisque tu restes muet, je vais t'aider, pourquoi ne pas nous parler de la suppression de l'héritage, de l'impôt progressif, des droits primordiaux de la femme, droits qui lui donnent la faculté de voter, de devenir député, sénateur, ministre, et même général pour peu qu'elle veuille changer ses jupes contre des culottes, droits qui lui interdisent d'être bonne, douce, simple, d'aimer son mari, ses enfants, de raccommoder leur linge, de leur faire de temps à autre un bon pot au feu, voire même d'excellentes confitures.

— Blaguer n'est pas discuter, s'écria le gilet rouge devenu furieux.

— Ah ! pardon, cher ami, je ne blague pas, ces réformes ont été mises en avant par des socialistes fort sérieux et tout étranges qu'elles paraissent, elles sont encore plus raisonnables que celles réclamées par tes amis les pétroleurs.

— Pétroleur ! c'est bien vite dit, mais ces pétroleurs sont des socialistes.

— Non, car au lieu de se contenter de raisonner, ils tuent les gens qui ne pensent pas comme eux, c'est plus facile que de les convaincre.

— En tout cas, au lieu de rester stationnaires, ils se préoccupent des misères humaines, ils cherchent les moyens de les atténuer, et ils les trouvent.

— Encore une illusion de jeunesse, ces revendications sont vieilles comme le monde.

— Qu'importe.

— Il importe beaucoup. As-tu lu *les Nuées*, *l'Assemblée des femmes* et *le Ploutos* d'Aristophane.

— Non.

— C'est fâcheux, tu saurais qu'Athènes comme Paris a eu sa question sociale. Du temps d'Aristophane, à Athènes comme à Paris, on réclamait l'émancipation des femmes, l'abolition de la famille, la propriété collective, etc., etc.

— Eh bien ?

— Eh bien, Aristophane en question a fait à ce propos deux ou trois comédies, deux ou trois chefs-d'œuvre étourdissants de gaieté, d'ironie, la stupidité, la niaiserie de ces revendications y étaient démontrées de main

de maître. Les Athéniens se sont pâmés d'aise, les in-
téressés eux-mêmes, s'il faut en croire les vieilles chro-
niques du temps, ont ri de leur propre sottise.

— Et puis !

— Et puis la question sociale tournée en ridicule s'est
endormie pour ne plus se réveiller que de nos jours.
Quel dommage que nous n'ayons pas un Aristophane !
Pourquoi, au lieu de nous faire des livres, des comédies,
des drames tout bourrés d'adultères, de procès de cours
d'assises, nos romanciers, nos auteurs dramatiques ne
suivent-ils pas les traces du vieux satirique athénien.
Quelle joie, quel plaisir, quel régal pour le public pari-
sien ! Avec quel entrain applaudiraient tous les honnêtes gens, tous les hommes d'esprit ! Comme notre
malheureuse société si vilipendée, si calomniée, serait
vengée ! Communards, anarchistes, collectivistes, bas-
bleus et autres bêtes malfaisantes tués par le ridicule
seraient enterrés pour une éternité. Aux bâillements
excités par la politique, par le suffrage universel, par
les élections et les électeurs succéderaient la recherche
des hautes questions philosophiques, le culte des beaux-
arts, la résurrection de ce bon vieil esprit gaulois qui
meurt étouffé par toutes ces questions tunisiennes,
chinoises, tong-kinoises, par la platitude, l'insuffisance,
la maladresse de nos hommes d'Etat.

Au lieu de vouloir tout renverser avant de recon-
struire, on aurait le bon sens de se dire qu'il vaut mieux
loger dans une maison solide et quelque peu défec-
tueuse, que de n'avoir pas même un toit pour abriter
sa tête, que s'il y a des progrès, des réformes à appor-
ter à nos institutions, et il y en a, ces progrès, ces ré-

formes, sous peine de ne durer, comme les roses, que l'espace d'un matin, doivent être étudiées avec le plus grand soin et n'être appliquées qu'avec la plus grande défiance, qu'avec la plus grande circonspection. Les mœurs, les coutumes, les lois, les usages qui durent depuis des siècles ont droit à certains égards, ils doivent, en effet, par suite de leur longue existence, avoir leur raison d'être. Puisqu'au lieu d'avoir des Aristophanes, puisqu'au lieu d'avoir un grand homme prenant d'une main ferme les rènes de l'Etat, nous n'avons que des énergumènes qui veulent tout bouleverser, tout détruire sans rien édifier, que des sauvages, des barbares qui dans ce bouleversement universel n'ont qu'un but, qu'une idée : tuer, piller, jouir, et bien que le chassepot parle, que la victoire reste aux plus honnêtes, aux plus braves, aux plus intelligents.

Socialistes, collectivistes, anarchistes, vous avez, dites-vous, des théories sociales et autres que vous voulez appliquer, rien de mieux, mais morbleu ! allez les appliquer en Chine, en Cochinchine, au Tong-King, dans les îles désertes ou habitées, connues et inconnues de l'Océanie, les chemins sont ouverts, partez. Instruisez ou pillez les sauvages, faites-vous manger par eux ou mangez-les, peu nous importe. Quant à notre pauvre France déjà si éprouvée, elle n'est pas faite pour servir de champs d'expérience à vos insanités. Nous sommes 35 millions d'habitants, vous êtes tout au plus deux cent mille, nous sommes l'intelligence, le nombre, la force, nous ne voulons ni de vous ni de vos élucubrations. Portez, c'est votre droit, votre bagage ailleurs, nous vous souhaitons bonne chance, bon voyage et que Dieu ou que le diable vous conduise. Fondez si vous voulez une colonie, le monde est grand, les terrains incultes ne manquent pas, montrez que vous êtes sages, honnêtes, industrieux, que vos idées, que vos théories mises en pratique vous ont conduit au bonheur, à la richesse, et alors, mais seulement alors, nous vous rendrons les armes. Si non, non.

Cela dit, je me renferme exclusivement dans mon rôle d'artiste, et à toi qui porte si crânement, comme je te l'ai déjà dit, ton béret rouge sur la tête, qui étale sur ta poitrine un gilet de même nuance, je pose la question suivante : Combien un Michel-Ange ou un Raphaël valent-ils de têtes de communards. Tu hésites, tu n'es donc pas artiste ! Allons, réponds.

— Eh bon Dieu ! avant de répondre, il faudrait savoir ce que tu veux dire.

— Tu ne comprends pas ! Eh bien, je m'explique. Pour conquérir ou reprendre une province inculte, on sacrifie des milliers de soldats, pour sauver un Michel-Ange en danger d'être brûlé par des sauvages, par des communards, combien de ces derniers ferais-tu passer de vie à trépas sans le moindre remords.

— C'est absurde, on ne répond pas à des questions pareilles.

— Parbleu ! je le savais bien qu'en te mettant au pied du mur tu resterais coi. Garde donc de Conrart le silence prudent si tu veux, cela ne m'empêchera pas de continuer et de développer ma thèse. Les tableaux de Michel-Ange et de Raphaël qui décorent les galeries de nos musées sont rares, leur valeur est inestimable, leur perte serait pour la France et surtout pour les beaux-arts une catastrophe, un deuil, un malheur public que rien ne saurait réparer. Regarde maintenant cette brute qui n'a jamais manié un pinceau, qui ne sait ni lire, ni écrire, qui est incapable d'assembler deux idées ; conduit par un chef ivre de vin et de sang, il se rue le fusil d'une main la torche de l'autre sur nos musées, il enfonce les portes, brise, détruit tout ce qu'il rencontre, et peu après apparaît au milieu des ruines et des flammes tout triomphant, tout fier du crime, du sacrilège qu'il vient de commettre. Eh bien, le laisseras-tu faire, l'appelleras-tu frère et ami, lui tendras-tu la main ?

— Je n'ai jamais dit cela.

— Dis donc alors que tu le tueras comme un misérable, comme une bête malfaisante. Parle.

— Ah ! tu m'ennuies.

— Autrement dit tu ne veux pas te compromettre, tu aimes mieux renier ta qualité d'artiste ! S'il en est ainsi, continua l'orateur en s'adressant à tous les assistants qui s'étaient groupés en foule autour de lui, que le béret rouge soit déclaré indigne de tenir une palette et qu'il reste seul avec son déshonneur.

— Oui, oui, répondirent tous les jeunes gens, et, la main étendue vers le malheureux ils entonnèrent le fameux chant de la Favorite.

> Que nul de nous ne cherche sa faveur,
> Qu'il reste seul avec son déshonneur.

Le béret rouge exaspéré sortit en levant les épaules.

— Et maintenant, s'écria le jeune homme qui occupait la tribune, passons aux affaires sérieuses. Est-il vrai que tous tant que nous sommes nous voulons défendre les chefs-d'œuvre de nos grands maîtres envers et contre tous?

— Oui, fut-il répondu.

— Est-il vrai que pour y arriver nous sommes tout prèts s'il le faut à sacrifier notre vie?

— Oui.

— Est-il vrai qu'en agissant ainsi nous rendons un service signalé aux beaux-arts, à la France, à la civilisation?

— Oui, mille fois oui, s'écrièrent avec enthousiasme tous les assistants.

—Jurons donc, devant le dieu des rois et des bergers, guerre implacable, guerre à mort à tous les misérables qui oseront porter une main sacrilège sur nos richesses artistiques. Jurons que, si par malheur, si malgré nos efforts, quelques-uncs d'entre elles sont détruites, nous poursuivrons les coupables d'une haine éternelle et jusqu'au fond des enfers. Jurons que nous ferons retomber notre vengeance sur la tête des chefs, que nous ne permettrons à aucun d'entre eux, comme ils le font effrontément aujourd'hui, pour la plus grande honte de la France, d'entrer, soit au conseil municipal, soit dans nos assemblées délibérantes. Entre eux et le suffrage universel, ils nous trouveront debout, armés, prêts à exécuter, quels qu'ils soient, le jugement, la sentance portés contre eux. Ils ont des sociétés secrètes dans lesquelles les innocents sont accusés et condamnés sans même être entendus, nous, nous aurons des assemblées publiques où ils pourront venir se défendre s'ils le veulent, mais l'arrêt une fois rendu sera, au péril de nos jours, mis immédiatement à exécution. Si les barbares ne sont pas des criminels de droit commun avec lesquels il est impossible de croiser le fer sans se déshonorer, le duel nous en débarrassera, dans le cas contraire la loi de Lynch, en usage dans tous les pays où la loi et la justice ne sont qu'un vain mot, leur sera appliquée dans toute sa sévérité. Si ce sont bien là, camarades, vos idées, votre pensée, jurons tous que nous sacrifierons notre sang, notre vie pour les faire triompher et faire reculer devant nous la barbarie et son cortège d'insanités qui menacent de tout envahir. ·

— Tous nous le jurons, répondirent les artistes d'une seule voix, et le jeune homme descendit de la tribune aux cris mille fois répétés de guerre aux sauvages, guerre aux barbares.

Quand le tumulte fut un peu calmé, le président de l'assemblée assisté des deux vice-présidents fit signe qu'il voulait parler. Un profond silence s'établit. Le président et ses deux assistants étaient jeunes encore, cependant quelques fils d'argent qui couraient çà et là dans leur barbe et leur chevelure indiquaient la maturité, conséquence naturelle de l'expérience. Tous trois avaient vu cette horrible guerre de 1871, tous trois avaient vu les bandes de la Commune s'organiser, pendant le siège, essayer de s'emparer, sous les yeux de l'ennemi, de l'Hôtel de Ville et du gouvernement, puis, un peu plus tard, chasser M. Thiers de Paris, massacrer les généraux Lecomte et Thomas, fusiller les otages, enfin, incendier une partie des monuments de la capitale. Tous trois encore avaient tremblé pour nos musées conservés par miracle, tous trois s'étaient battus avec acharnement contres ces bandits qui foulaient aux pieds la patrie organisante.

Ces misérables qu'ils avaient vaincus, qu'ils avaient envoyés en exil, ils les voyaient maintenant revenir la menace aux lèvres, aller s'asseoir sur le siège des députés, et il ne se trouvait personne pour leur crier : « Alliés des Prussiens, sortez, vous êtes indignes de pénétrer ici. » Il n'y avait donc plus de France !

« Messieurs, dit le président, nous approuvons de tout cœur les nobles sentiments que l'on vient d'exposer, si j'élève la voix c'est pour prendre acte de nos résolutions, pour leur donner un corps si l'on peut s'exprimer ainsi, en un mot pour les mettre à exécution. Pour cela il faut être nombreux, forts, résolus. Nous réunissons toutes ces conditions. Les peintres, les sculpteurs, les graveurs, les architectes, etc., forment un corps d'environ 10,000 hommes, tous jeunes, tous déterminés, tous approuvant par leurs délégués ici présents la guerre que nous venons de déclarer au nom des beaux-arts et de la civilisation. Pour faire cette guerre il faut être armés et bien armés. Un comité chargé de procéder à cet armement sera nommé, et aidera au besoin ceux qui ne pourraient supporter cette dépense. Nous serons divisés par quartiers, par escouades, pelotons et bataillons, nos chefs, nos cadres, seront nommés à l'élection et choisis autant que possible parmis ceux qui ont déjà fini leur service et qui ont obtenu des galons. Tel sera l'ensemble de notre organisation, quand aux détails, ils seront étudiés et adoptés par une commission désignée à cet effet. Il va sans dire que nous respecterons toujours la loi, que nous n'avons nullement l'intention de former un État dans l'Etat. Tant que le gouvernement sera debout, tout en protégeant spécialement les établissements artistiques, nous nous mettrons sous ses ordres et à sa disposition, mais s'il vient à sombrer ou à avoir de ces défaillances, hélas ! trop fréquentes en temps de révolution, nous ne prendrons plus alors conseil que de notre courage, nous marcherons résolument vers le but que nous nous sommes proposé. »

Un murmure approbateur accueillit ces paroles. Le comité d'armement et la commission chargée de procéder aux détails de l'organisation furent immédiatement nommés. Puis cela fait, la séance fut levée aux cris de : vive le président et de guerre aux barbares.

Maintenant, ami lecteur, voulez-vous que nous fassions comme Mathieu Laensberg ou plutôt comme Nostradamus, autrement dit, voulez-vous que, soulevant d'une main ferme ou plutôt d'une main téméraire les voiles qui nous cachent l'avenir, nous vous racontions sous forme d'épisode les événements que les puissances célestes ou infernales dérobent encore à nos regards. Nous nous tromperons, c'est possible, mais si Mathieu Laensberg, si Nostradamus ont dit la vérité une fois sur cent, nous avons bien quelque chance de n'être pas plus malheureux que nos célèbres devanciers. Seulement, comme vous le voyez, nous sommes modeste, nous n'avons pas l'aplomb et l'assurance de ces braves devins qui, assis tranquillement au coin de leur feu disaient la bonne aventure et lisaient l'avenir dans les astres, donc si nous errons, qu'il nous soit pardonné en faveur de notre humilité. Ajoutons qu'astrologues, sorciers, devins, à l'instar de la sybille de Delphes ou de Cumes, ont toujours eu soin d'entourer leurs prédictions de tant de nuages, de tant de réticences, de tant de contradictions, que, quoi qu'il advint, ils trouvaient toujours moyen de mettre leurs paroles d'accord avec les faits. Le procédé est simple, facile à mettre en pratique, cependant comme nous ne portons ni longue barbe, ni chapeau pointu, ni robe semée de lunes et d'étoiles, que par suite nous n'avons pas à sauvegarder la majesté de tous ces ustensiles plus ou moins démodés, nous ne voyons pas la nécessité de l'employer.

Pour prédire l'avenir, l'étude du passé est sinon indispensable, du moins d'une utilité incontestable, revenons donc sur les élections du 4 et du 18 octobre, elles ont eu une signification tout à fait particulière. Au point de vue de l'idée républicaine elles marquent un temps d'arrêt bien prononcé, et à ce titre elles prendront place dans l'histoire. La journée du 4 a été à la fois une surprise et une victoire pour les conservateurs. La journée du 18 indiquée d'avance grâce aux chiffres donnés par le suffrage universel a été ce qu'elle devait être, elle a assuré la majorité au parti républicain, non pas par suite de l'enthousiasme des électeurs, ni même par suite de la pression administrative tant reprochée au gouvernement, mais parce que les circonstances imposaient la république.

Si les conservateurs avaient été vainqueurs sur toute la ligne, s'ils étaient arrivés seuls ou presque seuls à la Chambre des députés, la situation serait devenue critique et des plus dangereuses pour la France, car c'est d'elle surtout qu'il faut se préoccuper. Examinons : Il est certain que les orléanistes et les impérialistes, tout en étant conservateurs c'est-à-dire tout en voulant énergiquement le maintien de l'ordre, de la liberté, de la famille, de la propriété, etc., bases essentielles de toute société civilisée, ne sont pas plus d'accord entre eux qu'ils ne le sont avec les républicains.

Bien plus, il est encore certain que chacun de ces deux partis aime beaucoup mieux le maintien de la ré-publique que le triomphe du parti opposé, triomphe qui enverrait trèr certainement en exil les chefs des im-périalistes ou ceux des orléanistes. D'après cela, il est clair, comme nous l'avons démontré depuis plusieurs années dans différentes brochures, que tant que l'accord ne se fera pas entre les deux partis, ces derniers, se neutralisant au profit des républicains, seront impuis-sants à changer la forme du gouvernement. Or cet ac-cord peut-il se faire ? Non, tant que les circonstances ne se modifieront pas, et elles ne pourront se modifier qu'à la condition de voir disparaître tous les membres de l'une des familles qui ont régné, ou de les voir abdiquer leurs prétentions en faveur de la famille rivale. Est-ce probable, est-ce même possible ? Non. C'est pourquoi il y a deux ans déjà nous disions : Dieu ou les destins, si vous aimez mieux, ont imposé la République à la France, et rien n'est plus vrai. Faites toutes les combinaisons possibles, appelez même à votre aide le suffrage universel, vous aboutirez toujours fatalement à cette conclusion, attendu que les décisions du suf-frage seront toujours contestées et jamais acceptées en même temps par les trois partis qui divisent si malheu-reusement notre pauvre pays. En pareil cas quel est donc le devoir des honnêtes gens de toutes les opinions? N'est-ce pas de former ce grand parti conservateur que nous appelons depuis si longtemps de tous nos vœux, que nous eussions voulu voir se former lors des dernières élections et que nous avons même espéré un moment voir surgir de la force des choses. Il est évident que l'épithète de conservateur, quoi qu'on dise, ne jure pas avec le nom de républicain, les trois quarts de ces derniers veulent comme les monarchistes, sans renier pas plus qu'eux tout progrès, le maintien énergique des lois actuelles sur lesquelles s'appuie la société. La forme du gouvernement n'étant pas en jeu dans les dernières élections et n'étant même pas contestée, les conservateurs de tous les partis sans exception ne devaient-ils pas logiquement se réunir pour faire triompher leur programme commun.

Les résultats obtenus auraient été tout autres : Au lieu de donner la victoire aux énergumènes qui vont achever de faire prendre en horreur la république elle-même, les élections du mois d'octobre auraient fait entrer dans nos Chambres une masse compacte de gens honnêtes, intelligents, unis par un programme commun et très décidés à réparer les sottises commises.

Chose étrange ! Les monarchistes ont eu cette idée, ils ont même fait les premiers pas, ce sont les républicains au profit desquels cette union devait se faire qui ont refusé, dans un moment d'inintelligence politique, de prendre la main qui leur était tendue. Bien plus affolés après le vote du 4 octobre, il se sont, suivant leur habitude, jetés dans les bras de l'extrême gauche et suivant leur habitude encore ils ont été mangés et sacrifiés tous ou presque tous. M. Ribot et les plus intelligents de son parti sont restés sur le carreau. Nous l'avions prédit et cette fois du moins nous avons été bon prophète.

Où est maintenant cette majorité gouvernementale qu'il eût été de cette manière si facile d'obtenir? Existe-t-elle? C'est douteux, dans tous les cas elle sera tellement faible, tellement vacillante, et formée d'éléments si hétérogènes qu'elle rendra difficile, sinon impossible, la formation d'un ministère quelconque. C'est donc le gâchis, l'impuissance, la dissolution de la Chambre à brève échéance. Essayera-t-on par de nouvelles invalidations, comme le disent sans vergogne quelques bons républicains, de renforcer cette majorité? Ce procédé est usé, et ne réussira pas, ce serait d'ailleurs pousser l'audace jusqu'à l'impudence, car ce sont les ministres actuels qui ont dirigé les élections et tout en criant par-dessus les toits qu'ils n'admettaient par les candidatures officielles, ils ont poussé la pression administrative, tant reprochée au gouvernement du 16 mai, à des hauteurs jusqu'alors inconnues.

Si la dissolution de la Chambre devient malgré tout nécessaire; dans le cas où ce grand parti conservateur dont nous avons parlé ne se formerait pas, les nouvelles élections amèneraient suivant toutes les probabilités au Palais-Bourbon un nombre plus considérable de conservateurs et de membres de l'extrême gauche. Qu'en résulterait-il? C'est que la majorité parlementaire, déjà si difficile à obtenir, deviendrait impossible. On se trouverait dès lors acculé dans une impasse dont on ne pourrait plus sortir. Quelle serait la victime de ces tiraillements sans fin, sans nom? La France, hélas !

Donc au nom de la patrie en danger, que tous les fanions disparaissent, que le drapeau de la France reste seul debout, que les monarchistes reconnaissent sans arrière-pensée que dans les circonstances actuelles la République est seule possible, et que les républicains se réunissent franchement à eux pour défendre les bases essentielles de la société. Nous l'avons dit et redit inutilement, nous le redirons indéfiniment comme le *delenda Carthago* de Caton : en dehors de l'accord des honnêtes gens de tous les partis, il n'y a que des luttes continuelles, des ruines, du sang, en un mot la guerre civile amenant à sa suite la barbarie avec toutes ses conséquences. Aujourd'hui que cette vérité apparaît évidente, claire comme la lumière du jour, aux yeux des moins clairvoyants, serons-nous plus heureux ? Nous n'osons l'espérer, l'esprit de coterie, de parti, et par-dessus tout, les intérêts particuliers l'emporteront aujourd'hui comme hier sur les intérêts du pays.

Continuons nos prophéties : On invalidera timidement, maladroitement, les élections des députés qui auront obtenu une faible majorité. Pour le faire, savez-vous les raisons étourdissantes, abracadabrantes, que l'on va mettre en avant : Premièrement, nous dira-t-on, les femmes ont exercé sur leurs maris une pression bestiale en leur fermant au nez la porte de leur alcôve. Secondement, les curés salariés par l'Etat ont mis tout en œuvre pour faire nommer des députés conservateurs. Eh bon Dieu ! mes bons radicaux, voulez-vous donc par votre naïveté doublée de mauvaise foi prêter à rire à toutes les générations futures ? Nous ne sommes certes pas partisans des femmes savantes et encore moins des femmes politiques, et cependant il ne nous est jamais venu à l'idée d'empêcher une femme de causer avec son mari et même de causer élection, s'il y a désaccord, c'est affaire au mari

à convaincre s'il le peut sa douce moitié, et cela ne regarde ni vous ni personne. Vous vous plaignez d'avoir
les femmes contre vous, c'est maladroit, on vous rira
au nez comme nous venons de vous le dire ; dans tous
les cas, c'est à vous à chercher et à trouver les moyens
de vous les rendre plus favorables. Faire faire à une
femme ce qu'elle ne veut pas est difficile, nous en con-
venons sans peine, il faut une adresse, une opiniâtreté,
une délicatesse peu commune et que vous n'avez certes
pas. L'influence des femelles sur les mâles existe
chez les bêtes comme chez les hommes, elle date de
toute antiquité, c'est une loi de la nature que vous ne
changerez pas, il faut en prendre votre parti gentiment.
Au lieu de récriminer et de faire des invalidations aussi
sottes qu'inutiles, lisez, ce qui probablement ne vous est
jamais arrivé, Aristophane ce vieux sceptique dont nous
vous avons déjà parlé. Il vous racontera qu'il y a bien
des siècles les sous-vétérinaires lacédémoniens s'étaient
mis en tête de faire la guerre aux Athéniens, tandis que
les femmes de Sparte, pour une raison ou pour une
autre, ne le voulaient pas. Les guerriers de Lacédémone
appuyaient naturellement les sous-vétérinaires, mais
tous ou presque tous étaient en possession d'épouses
plus ou moins obéissantes. Savez-vous ce que firent ces
dernières. Eh bien, pour triompher, elles employèrent
précisément ce procédé bestial de la fermeture de l'alcôve.
Les résultats obtenus furent presque immédiats. Ah !
voilez-vous la face, mes pauvres vieilles barbes républi-
caines, couvrez-vous la tête de cendres, versez des larmes
d'indignation ; au bout de quatre ou cinq jours les maris
avaient tous capitulé et laissé seuls avec leur déshon-

neur ces pauvres sous-vétérinaires. Et vous voulez que des Français qui n'ont ni l'âpreté ni la continence des Spartiates, qui ne se nourrissent pas tous les jours du moins de brouet noir, fassent une plus longue résistance que les soldats de Lacédémone ? Allons donc ! c'est demander l'impossible, c'est de la démence.

Passons aux curés : Vous donnez à ces pauvres gens une maigre pitance de 900 francs par an, juste le minimum de ce qu'il faut pour ne pas mourir de faim, si encore vous leur donniez cette misérable somme gentiment et de bonne grâce, il n'y aurait que demi-mal, mais en la leur donnant vous avez soin de les prévenir au moins une fois par an, que votre intention bien arrêtée est de leur supprimer toute subsistance et de les mettre complètement sur la paille. Non contents de cela, vous saisissez avec bonheur toutes les occasions possibles de les tracasser de les ennuyer de toutes les façons, et vous voulez que ces gens-là vous aiment et chantent vos louanges ! Voyons ! prenons un chien, une de ces bonnes bêtes que Dieu a créées pour être l'ami de l'homme, si tous les jours vous lui portez sa nourriture, tous les jours il vous saluera en aboyant joyeusement, en remuant la queue ; cependant si tout en lui offrant sa provende, vous lui montrez un bâton, vous le maltraitez, il finira, malgré son bon caractère, par vous montrer ses crocs et même par vous les enfoncer, s'il le peut, dans les mollets ou dans toute autre partie charnue de votre personne. Que diable, quoi qu'on en dise, dame nature n'a pas fait les animaux parfaits, tous ont leurs défauts et parmi eux sous ce rapport, hélas ! les hommes marchent en première ligne. Comment voulez-vous alors, que

ces malheureux curés n'emploient pas tous les moyens
en leur pouvoir : sermons, exorcismes et même en ensei-
gnant aux femmes le procédé bestial de la fermeture de
l'alcôve, pour faire entrer à la Chambre des conservateurs et non pas des radicaux qui menacent de les anni-
hiler, de les faire disparaître. En agissant ainsi ils ne font
qu'obéir à l'instinct de la conservation, et nul, sans même
vous excepter, n'a le droit de les blâmer. Le prêtre,
dit-on, doit rester dans son église, c'est vrai, et nous
sommes très partisan de ce principe, à la condition toutefois que le pauvre homme y trouvera un asile assuré
et qu'il n'aura pas à craindre à chaque instant d'y être
enfumé. Tenez ! sans remonter plus haut, voulez-vous
que nous vous citions un tour indigne que l'on s'apprête
à leur jouer : M. Yves Guyot, un des vôtres, va, s'il faut
en croire les journaux, proposer à la Chambre d'aban-
donner à chaque commune la part du budget des cultes
qui lui revient, lui laissant le droit d'en disposer comme
elle l'entendra, c'est-à-dire de payer un curé si elle le
veut, ou bien d'employer la somme à diminuer les centimes additionnels dont elle est surchargée. Or, grâce à
vous, grâce surtout à ces folles constructions de palais
municipaux et d'écoles, ces malheureuses communes
sont toutes ruinées, criblées de dettes. Hésiteront-elles
en pareille circonstance à sacrifier leur curé, afin de se
débarrasser de leurs centimes additionnels. C'est pour le
moins douteux. Voyons, mettez-vous la main sur la con-
science, est-ce loyal, n'est-ce pas là ce qu'on appelle du
Machiavélisme, du jésuitisme tout pur? Prononcez vous-
même. C'est absolument comme si on laissait les électeurs libres d'employer l'argent que vous prélevez sur

eux, soit à payer leurs impôts, soit à payer leurs députés. S'ils devaient vivre sur des appointements obtenus de cette manière, croyez-nous, nos honorables feraient maigre chère. Suivez le même procédé pour le traitement des ministres, du président de la République, etc. et vous verrez comme en un clin d'œil votre budget des recettes, dont le ventre va toujours en grossissant, sera réduit à sa plus simple expression ! La proposition de M. Yves Guyot est donc une mauvaise plaisanterie.

La République est malade sans doute, cela tient tout simplement à ce que, depuis cinq ou six ans que vous êtes réellement au pouvoir vous n'avez fait que des sottises : grâce à vos épurations insensées qui comme les saisons reviennent sans cesse à des intervalles périodiques vous avez chassé tous les fonctionnaires capables et intelligents et vous n'avez plus que des gens qui n'ont pas su ou qui n'ont pas pu se mettre à hauteur de leur position. Quant à vos ministres, qu'ils soient capables ou non, tous leurs efforts, nous vous l'avons dit vingt fois, sont paralysés par l'obligation constante où ils se trouvent de vivre en bonne intelligence avec les députés qui ont droit de vie et de mort sur eux. Ils peuvent faire le mal, mais le plus souvent ils sont impuissants à faire le bien. Jetez d'un autre côté les yeux sur toutes nos assemblées délibérantes, dans la Chambre des députés comme dans les plus humbles conseils municipaux, le niveau moral et intellectuel va en s'affaissant de plus en plus. Prenez au hasard un membre quelconque de l'une de ces assemblées, demandez-vous quels sont les services qu'il a rendus, quels sont les qualités, les mérites qui l'ont fait choisir ; hélas ! la plupart du temps le point d'interrogation que vous placez au-dessus de sa tête reste sans réponse. Qu'arrive-t-il ? C'est qu'alors l'homme intelligent, honnète, quelle que soit la nuance politique à laquelle il appartienne, se trouvant en présence de fonctionnaires qui ne le valent sous aucun rapport, finit par être fort ennuyé d'obéir à des niais, à des ignorants, à des bavards de bas étage qui n'ont d'autres titres à la place qu'ils occupent, que le caprice d'un protecteur ou des professions de foi plus ou moins extravagantes. Le dégoût, le mépris qu'il éprouve, il le rejete naturellement sur le gouvernement qui choisit de pareils serviteurs. Malgré l'appui involontaire donné, nous le répétons, à la République par la rivalité des orléanistes et des impérialistes, le bâtiment craque de toute part, la pourriture est au centre, l'armée de barbares chargée de tout détruire est prête, on entend déjà ses cris. *Caveant consules.* Il n'y a plus selon nous qu'un seul moyen d'arrêter la tempête, c'est de former ce grand parti des conservateurs de toutes nuances si bien indiqué par l'intérêt de la France et par l'intérêt de la société. Alors mais seulement alors, présages funestes, sombres nuages, disparaîtront comme par enchantement.

Niherne, 10 novembre 1885.